folio benjamin

09546

KU-753-582

Montem Primary School
Hornsey Road
London N7 7QT
Tel: 020 7272 6556
Fax: 020 7272 1838

ISBN : 978-2-07-054814-9
Titre original : *There's a Nightmare in my Closet*
Publié pour la première fois par Dial Books for Young
Readers, New York, une division de Penguin Books USA
Inc., New York
© Mercer Mayer, 1968, pour le texte et les illustrations
© Éditions Jean-Pierre Delarge, 1980,
pour la traduction française
© Gallimard Jeunesse, 2001, pour la présente édition

Numéro d'édition : 168715
Loi n° 49-956 du 16 juillet 1949
sur les publications destinées à la jeunesse
1er dépôt légal : octobre 2001
Dépôt légal : mars 2009
Imprimé en Italie par Zanardi Group
Réalisation Octavo

Mercer Mayer

Il y a un cauchemar dans mon placard

GALLIMARD JEUNESSE

Autrefois, il y avait un cauchemar
dans mon placard,

aussi, avant d'aller dormir,

je fermais soigneusement la porte.

Cependant j'avais encore peur
de me retourner et de regarder.

Quand j'avais regagné mon lit,
je jetais un dernier coup d'œil…

… pas toujours.

Une nuit, j'ai décidé
de me débarrasser, une fois pour
toutes, de mon cauchemar.

Dès que la chambre fut dans le noir, je l'entendis glisser vers moi.

J'allumai brusquement la lumière
et je le surpris assis au milieu de mon lit.

– Va-t'en, cauchemar !
m'écriai-je, ou je tire !

De toute façon, j'ai tiré,

et mon cauchemar
s'est mis à pleurer.

J'étais furieux…

… mais pas tellement…

– Cauchemar,
lui ai-je dit, tais-toi,
reste tranquille, sinon
tu vas réveiller papa
et maman.

Comme il ne voulait
pas s'arrêter de pleurer,
je le pris par la main

et je l'installai dans le lit.

Puis, j'allai gaiement fermer la porte
du placard, avant de le rejoindre.

Je suppose qu'il y a un autre cauchemar
dans le placard, mais mon lit
est vraiment trop petit pour trois…